Melba Mercedes Almeida Guevara

Poemas de un Güije travieso enredado entre las hojas de un tabaco

Melba Mercedes Almeida Guevara

Melba Mercedes Almeida Guevara

ISBN: 978-84-9981-364-6
DL: M-5076-2011
Impreso en España / Printed in Spain
Impreso por Bubok Publishing

*A mi padre, que de él heredé su musa
delirante ante su ausencia*

Melba Mercedes Almeida Guevara

Prólogo

Escribo lo que el alma dice cuando me desvelo
entre sollozos lejos de mi orbe.
Extrañando lo que tuve y ahora no está.

Es cuando comienzo a aprender a apreciar, a valorar.
Me voy haciendo de experiencias
mientras me hago más adulta.
Sin poder hacer nada para impedirlo llega la madurez.

Así voy pasando de etapa a etapa,
aprendiendo de cada una lo hermoso,
y lo horripilante que aconteció
cala el alma de enseñanzas
para no volver a caer.

Escribo lo que me llega de mi numen encantado,
cuando susurra a mis oídos en la noche.
Cuando el corazón ebrio de melancolía
llora a oscuras donde nadie le ve.

Cuando los amigos que me encuentro en esta vida concebida
me ayudan a llevar la nostalgia que sé que de vez en cuando
se hace pesada en mis espaldas.

Le escribo a mi bella hija que tanto quiero,
a mi familia de allá, de aquí, de tantos lados.
A esas tías que siempre tuve, a las que voy encontrando.

A mi padre, que de él heredé su musa delirante ante su ausencia.
A mi vieja linda que desde muy lejos vela por mí.

Gracias a todos por dedicarme un tiempo
y leer lo que guarda el Güije en su corazón.
Gracias, mis queridos amigos, por estar.

Poemas de un Güije travieso enredado entre las hojas de un tabaco

En sus pupilas él lleva
el brillo de un lucero fugaz
y en su lengua
lleva agazapada la magia
que le regaló la ternura una
noche oscura.
Ella se la entregó
para que él no temiera
nunca más
de la soledad que abruma el
alma acongojada.

El Güije ha andado y desandado
por los caminos de la vida.
Ahora quiere compartir
contigo parte de su historia,
muchas de sus vivencias.

Revelarte en prosa
cómo comenzó
a creer en el mañana.
Enseñarte los poemas
que le trae la musa a escondidas
en las tardes de primavera.

Se sienta a observar el mundo
desde una rama de su ceiba.
Mirando los días pasar
se inspira en ellos
escribiendo sueños al azar.

Adivinando qué surco tomar
para perpetrar
la más grande utopía
que le queda por lograr.

El Güije no lleva mucho consigo,
a su lado está la musa
que le mira a los ojos
y seca la gota de sudor.
Un bolsillo rebozado de
esperanzas
y un mañana tejido de amor.

En las noches mi Güije travieso
se viste mujer,
recorriendo la rambla
que se abre a su paso.

Va vestida de estrellas
que en su cuerpo se ven bellas.
Algunos enamorados
le llaman de vez en cuando
la luna llena.

Es un Güije travieso
que hoy más que nunca
cree en el amor.

ÍNDICE

Poemas de un Güije travieso
enredado entre las hojas de un tabaco

I Despertar entre sollozos

II Nostalgia

Melba Mercedes Almeida Guevara

I

Despertar entre sollozos

Despertar entre sollozos

Hay mañanas en que el poema es tan necesario
como el aire que penetra en el cuerpo,
para llenar de oxígeno cada parte de ti,
consiguiendo seguir de esta manera el día a día.

Hay mañanas en que un poema es un rayo de sol,
que puede calmar un corazón que se enreda
en la locura de un día de invierno.

Ese delirio donde sólo estás tú
y la frialdad de unas calles tejidas
con un bullicio en la lejanía,
que no es más que un espejismo
de lo que realmente añoras.

Hay mañanas en que un poema
es un alma que se revela,
Gritando sus verdades al mundo
mientras despierta el nuevo día.

Al fin

Al fin se comienza a escuchar el canto del tomeguín
y la frase se hace continua
mientras algunos rostros alzan la vista.

Yo pensaba que estaban sordos,
y que no les importaba la súplica del moribundo
que se arrastra hasta la lápida de su tumba
pidiendo una clemencia.

Cuántos ojos le miran
mientras él se arrastra desangrando su ser.
Todos inmutados ante tanto dolor,
a nadie le importó, sólo dieron la espalda.
Allí fue cuando la lucha por ser escuchado comenzó.

Al fin se hace la letra
que había desvanecido un día.
Y se forja en ella la palabra que trae consigo la verdad.
Derribando la mentira que algunas bocas pronuncian
se alza la frase latente y exclama una mujer:

«La verdad que salga ahora,
que se grite por estos campos en plena aurora».

Al fin sale al descubierto aquel amigo que nunca lo fue
la serpiente se muerde su entraña cayendo a sus pies,
haciendo que en su propio veneno envuelva su ser.

Y se ve todo al descubierto,
quitando de mis ojos el velo.
Yo que pensaba que esta ceguera sería eterna.

Al fin se quita la nube que tapó la verdad
y me viene a la mente lo que me decía la abuela.
Las luchas se ganan luchando,
enfrentando tu alma con la antorcha de la verdad,
los caminos se hacen andando.
Que la vida es puro amor al andar.

Cómo le cuesta el amor

Cómo le cuesta el amor,
cuando cada mañana al mirarse al espejo
le parece tan sucio su ser.
Se creyó tan sola en este mundo malvado
sin poder palpar que tal vez la suerte estaba de su lado.

Cómo le cuesta entender que de nada valió
tener tanto dolor callado.
Su piel ya nítida, sin colores que la revivan
ha perdido la gracia y no es lo que fue.

Cómo le cuesta el amor, le ha costado la vida.
Cómo cuesta creer quién fue esta mujer
hoy consumida en su ser.

Allí una maleta a medio empacar,
para iniciar una fuga que acababa de planear.

Cómo le cuesta mirar su imagen perdida
y aquel amargo sabor que no es el de la vida.
Aquellos tacones en aquella esquina,
un brassier torcido sobre aquella silla.
Un cenicero atiborrado de cabos,
un hombre que yace sobre un colchón mojado.
Y aquel ambiente de ira que se convirtió en su día a día.

¿Dónde está mi paz interna?
¿Dónde está el querido beso?

En qué cama se quedó el sueño que fue ayer
hoy está aquí desgarrando mi ser.
En qué costas quedó anclado mi barco sin timonel.
Mi navío sin los sueños de ayer,
mil marcas en el cuerpo que hacen doler.

Cómo me cuesta creer que esta soy yo,
un espíritu andante, esta alma mutante.

Una vista perdida, la lágrima viva
que corre por esa mejilla ya tiesa y fría.
Soy como una pompa de nieve
que cae lentamente para perderse en la tierra.
Que me espera ansiosa
como una madre amorosa y me dice sutilmente
mientras me mira, me arropa:

«Este será tu nuevo hogar
a partir de este día que acaba de llegar».

¿De quién es la culpa de que yo esté aquí?
¿Qué mundo soñé?
¿Qué mundo yo quise?
Lejos de mi tierra, me han robado mi ayer
y ahora en la hoguera se consume mi ser.

¿A dónde iré?
¿Qué otro mundo me espera?

Espero al cielo porque el infierno ya lo viví.
Allí yace su cuerpo, aquí está el mío ya frío.
Ya no habrá más gritos, ni frases,
ni llantos con sueños de espantos.

Ni un cuerpo marcado y mis ojos sangrando.
Se acabó el grito brutal de cada mañana,
se terminó mi vida, acabé con la de él.
Ya no habrá más violencia que incite placer.

Cómo me duele el amor, cómo me duele el ayer.
Cómo me duele que un día haya yo creído en esta bestia
que humilló mi ser.
Hasta hacerme perder la confianza en mí misma,
menospreciar mi autoestima y perder.

Cómo me duele el amor, cómo me cuesta la vida
por callar y no decir lo que mi alma escondía.

¡En la memoria de una gran amiga...!

Cosas que aprendí con la abuela

La buena semilla siempre da flores hermosas
que adornan las mañanas con sus típicos colores
y deleitan el ambiente con su aroma.

...

No le apagues la sonrisa a tus sueños,
ni le quites el sueño a la esperanza.

No detengas la verdad,
ni las ansias de lucha por tus ideas.

Haz de tu alma un manantial de amor.
Y sonríe con el corazón abierto,
que la vida es demasiado breve para tanta pena.

Deseos de ser yo y basta

Hoy tengo deseos de llorar, gritar mil cosas que molestan.
Quiero tirar mis pesadillas, tirar al aire mis verdades.
Quitar de mi mundo la mentira, pedir una cita con Dios.
Para hacer todas las preguntas
a las que no encuentro respuesta alguna.

Quiero buscarle el sentido a la vida,
palpar el sabor de la buena semilla.
Encontrar la esperanza que creo perdida.

Hoy tengo deseos de hacer de mi cuerpo un crucigrama
y ver quién se atreve, quien me llega.
Quién adivina mi encanto, la frase que me mata.

Quién es capaz de arriesgarse a llegar
para rasgar mi piel que no puede más.
Sacar la nostalgia de mi alma,
alumbrar mis noches de risas que contagien mi ser.
Sacar de mí la niña traviesa que muere de tristeza
porque no hay nadie que la acompañe en su andar.

Hoy tengo deseos de buscar al amigo,
abrazarlo a mi pecho, decirle que se quede conmigo.
Que muero de tristeza y me cunde el frío.

Hoy tengo deseos de bailar con la noche,
besarle a escondidas, decirle que le quiero.
Me vestiré de estrellas, adornaré mis pechos de luna llena.
Seré una ninfa nocturna que vendrá al encuentro
del hombre que busco, del hombre que quiero.
Ese hombre de sueños,
que no sé dónde quedó perdido.

Hoy tengo sed de vida
y me bebo los campos en la lejanía.
Mientras ando divagando por estos parajes
buscando un poco de felicidad.

En una primavera que no está
y nadie sabe cuándo llegará.
En este mundo tan perfecto
donde nadie sonríe,
donde nadie saluda,
donde todo es de un solo color.
Donde la palma no se da,
porque la tierra le parece fría.

Hoy tengo deseos de llorar,
porque me llega la nostalgia
de una Cuba que me espera
y se desnuda ante mí.

Una Cuba que abre sus entrañas
y desangra su pena.

¡Tengo deseos de ser yo y basta!

Quitar la lágrima del niño
que no conoce otro mundo que el de la pena.
Quitar la pobreza del hombre
que se sacia de la tierra sin compartir los frutos.

Levantar esa África que queda en el olvido,
enseñarle a Latinoamérica
el sueño que llevo escondido.
Preguntarle al mundo
dónde dejamos los sentidos.
Salir a buscar el amor.

Tengo deseos de ser yo y basta
dime si te vienes conmigo.

¡Cuál de todas soy...!

Soy una mujer, una niña interna, una abuela sabionda.
El mar embravecido pidiendo amor a gritos.
La lengua que no tiene descanso
en su andar diario guiando a sus hijos.

Aquella que con el tiempo aprendió que la prudencia
es necesaria para sobrevivir en estos campos.

Soy esa mujer que no deja de soñar, ni de sentir.
Soy el tocororo enamorado
que aunque pasen muchos años
sigue allí sin perder su raíz.

Soy una mujer que se equivoca.
Que se ha caído mil veces
y aún alza su frente con orgullo.
Haciendo más fuerte su andar.
Sirviendo de ejemplo a los hijos que supo engendrar.

Soy una mujer que ha llorado
hasta derramar su alma en un canto.
Que ha perdido su nido en un torbellino
y lo ha vuelto a armar
porque ha tenido fuerzas para luchar.

Soy un vientre de mujer,
soy el óvulo fecundado.
El esperma que ha llegado
para engendrar lo más bello que existe
y que se crea dentro de mí.

Soy un pujo en el ocaso
dando al mundo un nuevo ser.

Soy una mujer, un papalote de sueños.
El mes de marzo lleno de amor.
Una barca en alta mar
luchando con las olas en su vaivén peculiar.

Hasta podría ser una princesa,
una hada encantada,
una gaviota extraviada.

Soy una mujer en un beso
una luciérnaga que vuela sobre mares y montañas
buscando el amor entre tanta soledad.

¿Y me preguntas tú, cuál de todas soy...?

Soy una mujer, una niña interna, una abuela sabionda.
Soy la mujer, la amiga, la hermana, la madre,
una fragancia empedernida.

Unos pechos que amantan el sabor del nuevo día.

La Tierra está pidiendo que la quieran

La Tierra está pidiendo que la quieran
y qué ceguera de alma tenemos todos.
Nadie se da cuenta,
nadie la palpa, ni la escucha.
Y al más allá solo llegan quejas,
maldiciones, lamentos y guerras.

La Tierra está pidiendo que la quieran.
Está cansada ya de tanta pena,
de tanta hambre y de tanto credo.
De padres que bendicen lados opuestos.

Ella abre su ser molesta por tanto odio
y esconde en sus entrañas su vergüenza.
Mientras se dice en sus adentros:
«Lloren, hijos míos,
que la sangre limpie este camino.
A ver si la desgracia nos une en el lamento».

Llora el negro, llora el blanco
al fin pueden llorar unidos.
Y abrasen sus cuerpos desnudos
para apaciguar esta pena en tinieblas.

Mientras grita desaforada rasgando su garganta,
rompiendo en su gemido las venas.

La Tierra está pidiendo a gritos que la quieran.
Hoy me llega la furia de la noche oscura,
del sueño inesperado,
de la pesadilla nefasta que me abarco mis mañanas.

La vida se me abre en dos
y llega a mí el llanto quebrantado de un niño.

¿Qué está pasando...?

Poco a poco, a todos nos está tocando.
Escuchemos su gemir, sus olas se hacen fuertes

y se rompen los arrecifes
que siempre creímos indestructibles.

Se desmoronan ciudades
la lava se traga a nuestros hermanos.
Hay un grito ensordecedor
que atraviesa el universo dejándonos aturdidos.
¿Y a quién le importa?

La Tierra está pidiendo que la quieran.
Y una lágrima que escapa
de mis pupilas que ya no pueden más.

Cuánto dolor,
cuánta tristeza,
cuánto desamor en este mundo.
¡Qué pereza...!

La Tierra está pidiendo a gritos que la quieran.

Nuestro mundo que se cae a pedazos
y llora mientras sucumbe el canto.

Ella comienza abrir sus brazos
como lo hace una madre en una lágrima.
Cuando siente que se queda sola
y que no hay hijo que obedezca a su pedido.

Ella desata su ira rasgando su vestidura
para limpiar su ser.
Ya estaba escrito, dicen unos,
es una profecía, comentan otros.

Yo me quedo aquí mirando al poeta que llora,
al pintor que pinta el grito
que se hace un eco en la distancia.

Y digo desde lo más profundo de mi alma:
la Tierra está pidiendo que la quieran
no dejemos que se apague la llama.

Dime si tiene sentido

Dime si tiene sentido
doblegarse ante la injusticia
dando por perdida una batalla
sin haber intentado luchar por la verdad.

Es ahora que he aprendido
que para poder andar contra la corriente
hay que colmarse de fuerzas
y de confianza en sí mismo.
Te percatarás que no estás sola en tu andar,
hay otros peces que nadan contigo,
dándote el apoyo del buen amigo.

Dime si tiene sentido
dejarse llevar por la ira,
cuando te percatas de que el enemigo
se torna serpiente,
que se arrastra hacia ti con una sonrisa celeste
para introducir en tu piel su veneno mortal.

Dime si tiene sentido
seguir aplaudiendo la mentira
de aquel que no sabe sostener una mirada.
Y la lengua es un manantial de falsedad
dejándose llevar por la incertidumbre
del que no tiene palabra propia.

Dime si tiene sentido
morir sin haber conocido la vida.
Vivir sin haber vivido.
Caminar sin haber aprendido
del bien y el mal en el camino seguido.

Es que puede ser fatal andar por la vida
sin llegar a apreciar
que también el bien florece en el camino.
Siempre con cautela
porque la mala hierba se disfraza de flor
y es capaz de engañar al cobarde e inseguro.

Dime si tiene sentido
dejarse llevar por la incertidumbre
de aquel que no tiene palabra propia.
Y monigote hizo su ser.

Aplaudir a líderes que apañan la mentira.
Apoyando que la mala lengua destruya una imagen.
Que te condenen solamente por un color en la piel
o el tan solo hecho de poder tener la facultad de pensar.

Dime si tiene sentido
derramar mil lágrimas al vacío.
Gritar donde nadie escuche mi grito.
Levantar con mis manos el corazón
que sangra de pena en un rincón oscuro,
porque le han tirado al olvido,
su error fatal fue el poder ver más allá.

Dime si tiene sentido
negarle la esperanza al moribundo para decir
que ya el tiempo se ha cumplido.
Ver cómo algunos se gozan del mal de otros
escondiéndose detrás de la espiga.
Reír del pesar ajeno.

Oh, mundo cruel, si supieras amar de lleno.
Amor es el más bello de los sentidos.

La llave del éxito

El éxito habrá llegado el día en que la persona
aprenda a valorarse a sí misma
y por sí sola sea capaz de estar en pie por sus ideas.

El día en que comiences a trazarte nuevas metas
y estés dispuesta a luchar por ellas.
Recuerda que no vale de mucho sentarse a esperar
a que salgan gardenias de una tierra sin abonar.

El más grande de los logros
consiste en no olvidar que existe el amor,
y que es totalmente incomparable e incomprable.

Es cuidarse de que la vida no pase por ti a su antojo,
sino que tú pasas por ella y la vives.
Tomando de la mano
a todos los que quieran seguir contigo.
Aprendiendo que cada día que pasa
la vida nos enseñará algo nuevo.

El éxito lo habrás logrado
el día en que las adversidades no apaguen tu risa
y seas capaz de hacer de tu corazón
una coraza invulnerable.
Llegará cuando puedas hablar de tus errores,
aceptar que no eres perfecta.
Hasta emitir una disculpa sensata.
Consiste en llevar con orgullo en tu frente
la idea del «creo en mí»,
sé que soy capaz de lograrlo
si realmente me lo propongo.
Tú puedes llegar al éxito también.
¡Yo lo sé....!
Dame la mano, levántate y sigamos el camino,
con nuestros sueños a cuestas.
Sé que será largo el andar,
pero es placentero
cuando se camina acompañado de buenos amigos.

¡El Güije me dice al oído
cuando se me acongoja el alma ...!

A veces el camino te parecerá largo,
otras sentirás que los pies se te estancan
en un lodo interminable
y que está cansado todo tu ser.
Hasta has empezado a dudar de ti mismo.

Habrá días que solo serán de lluvia
y sentirás que tu piel se enfría.
Mientras tirita todo tu cuerpo.
Por un momento te querrás sentar
y esperar a que escampe.

Pero no es el momento de detenerse,
es el momento de seguir y estar seguro.
«Que queremos llegar.»

No dejes que se apague tu grito

No dejes que se apague tu grito,
porque es la llama que ayudará
a la próxima mujer,
al próximo hombre, al próximo niño.

No dejes que nadie ni nada te ate
para hacerte esclavo de otro horripilante ser.
Ni permitas que el miedo se convierta
en la cadena que atará tu lengua
y contaminará cada amanecer.

No dejes que el golpe sea el pan de cada día,
ni que te domen el cuerpo con palabras ingratas
que no merecen ser dichas,
porque harán llorar mi alma.
Que ya no puede más.

No des espacio a que domestiquen tu lengua,
ni que te programen el cerebro
cuando tú mismo ya has descubierto
que eres un nuevo ser.
Tú, yo, él, estamos dispuestos a vencer.
Sabemos que hay varios caminos por donde coger.
Que no estamos solos en este mundo,
ya es hora de crecer.

No dejes que nadie apague tu grito,
quitando la llama que ha comenzado a nacer.
Si tú no crees en ti mismo,
qué voy yo a creer.

No dejes que tus rizos te humillen,
ni que mi color te asuste
ni que el defecto te invada
y caigas exhausto ante aquella mirada.
Eres hombre, eres mujer,
eres gaviota que alza su vuelo a un mundo nuevo.
Un mundo que espera por ti.

No dejes que la religión se imponga,
que la vista se quiebre,
y el oído ensordezca perdiendo el sonido
quedando sin rumbo en un oscuro abismo.

No dejes que se apague tu grito
por amar a tu mismo sexo,
a tu sexo apuesto.

A la luna desnuda, al mundo
o al viejo sol que se hace amor.
Llénate de mucho valor,
arrullemos la autoestima
que con nosotros nació.

Y si quieres te tomo de la mano
para ayudarte en tu andar
para que no te sientas solo,
para que no me sienta sola,
en esta marea en alta mar.
Yo estoy, él esta,
ella nos toma de la mano
y juntos haremos lo que nunca.

No dejemos que se apague este grito
hasta que se escuche en toda la tierra
nuestra verdad.
Y sepan en todo el universo
que la vida es algo más.

Quién

Quién va a callar mi canto si soy sinsonte en estos campos
volando de rama en rama, buscando un poco de amor
en una hojita extraviada que aún tenga un corazón.

Quién le dijo al trovador que su guitarra era muda
y que no había ya cuerdas para caer en locuras.
Ay, pobre aquel que se cree cuerdo
y que no se atreve a soñar,
a luchar por sus ideas sin perder la razón de su verdad.

Seguiré siendo aquella guitarra desnuda,
aquel poema al acecho, aquella nota sensual.
¡Seré la locura personificada
si ser cuerdo significa callar…!

Quién se atrevió a decirle al pintor
que ya no hay colores que pinten mi realidad.
No dejes que el pesimismo te quite el instinto de amar.

Qué pobreza de alma la de aquel
que no cree que existe el amor a todo color.
El amor no es solo sexo, el amor no es solo dos.
el amor es todo el universo, amor es más que canción.

Quién se atrevió a decirle al poeta
que la prosa lo maldijo.
¡No, qué va…!
Ella me besa, es mi hermana, mi amiga,
ella siempre está conmigo.
Es mi poema diario, es aquel beso encantado.
Es el recuerdo de esa Cuba que siempre llevo a mi lado.

Quién va a domar mi lengua
y esclavizar mi cuerpo,
censurar mis pensamientos,
vendarme los ojos con antojos, alhajas.
Que vengan los que se atrevan, ya encontrarán mi yo.

Una mujer con su alma en la mano,
un pecho desbocado.
El canto del sinsonte a cuestas
que me llega de los montes.

Él no se apartará de mí,
me guiará en mi lucha
y mi verso se escuchará de punta a punta.

Seguiré siendo aquella guitarra desnuda
aquel poema al acecho, aquella nota sensual.
¡Seré la locura personificada
si ser cuerdo significa callar...!

En una obra todos somos importantes,
para que funcione todos tienen que dar lo mejor de sí.
Nada va por sí solo,
cada tono necesita un buen pincel,
una buena mente.
Un ojo que lo pueda ver más allá de lo notable.
El pincel solo no es más que un pincel.

Sobreviviré

Sobreviviré,
cuando las algas se enreden en mis pies
queriendo detener mi paso
para llevarme consigo al abismo.

No dejaré que la incertidumbre
me cunda el alma
que se hace manojo en el llanto.

Sobreviviré
cuando el día me juegue una mala pasada
y nubarrones me hagan ver
la nostalgia interminable.

Cuando el beso no esté,
cuando la caricia me falte.
Sé que volverán a mí nuevamente
porque la esperanza de su regreso
está latente en mi ser.

Sé que volverán
como vuelve la luna cada noche,
como lo hace el otoño cada año.

Sobreviviré
cuando la tormenta llegue,
porque tengo mi coraza
tejida con hilos de amor
y confianza en mi yo.
Ya que papá me hizo tenaz
y mamá me enseñó principios.

Es que llevo arraigada en mis entrañas
el valor de la verdad, mis costumbres,
mis ansias de vivir
sin dejar que la mentira me turbe.

Ellos me hicieron como soy,
una mujer sin miedo a la batalla,
lista para emprender nuevos caminos.

Sobreviviré
cuando las alas ya mojadas
queden atrapadas
entre las gotas de lluvia
que se amotinan sobre mí
para impedir
que pueda alzar mi vuelo nuevamente.

No se hará tu voluntad,
lluvia caprichosa,
porque aún existe el amor
y es interminable.
Como las flores de cada verano
que llenan mis días
de una nueva fragancia cada año.

Sobreviviré
porque existen mil razones para hacerlo.
Voy seguir porque la vida es maravillosa
y ella me incita a seguir
la huella del sueño más preciado.

Aunque el sol se esconda
y la nubes llenen mi espacio,
no me detendré en el canto,
no dejare de reír,
no habrá limites en mi sueño.

¡Tiene que haber de todo…!

Hay personas que no pueden hacer nada por otras
si no reciben algo a cambio.
También las hay que ayudan a todos
sin esperar nada más que una sonrisa.
Una sonrisa que escape de unos labios agradecidos
en el otro extremo de la vida.

Hay personas que son mordidas por la envidia
y su lengua se vuelve una serpiente inmunda
que baila en su saliva.

Hay otras que hablan con el alma
y son capaces de elogiar a los amigos.
Sientes que son sanas en sus palabras,
se vuelven gaviotas sinceras al oído.

Hay personas que no dicen nunca
y mueren de tanta tristeza en el alma.
Hay otras que por no saber lo que dicen,
se vuelven idiotas, no reconocen su falta.

También las hay que dicen lo que sienten,
aman el poder de la palabra
y hacen de ella la amalgama de su días.

Hay personas que no ven que se derrumba un sueño
porque para ellas lo horrendo puede ser un beneficio.
Y atacan a aquel que comienza a perder la ceguera
de una manera o de otra.

Hay otras que logran percibir que el sueño se pierde
y lloran desde el alma.
El corazón se acongoja
hasta que se les vuelve una pena.

Hay personas tan estúpidas que no toleran
que otras tengan el derecho de pensar como quieran.
Se creen que son sabiondas
y perecen en la soledad de ese mundo.

Las hay que son capaces de escuchar, de entender
que este universo es de todos.
Que hay diferentes formas de querer, de pensar.

Hay personas que saben amar,
que se dan completas,
que no le temen a un beso.
Que pueden escribir en el árbol
la historia pasada.

Hay otras que aman con miedo al qué dirán,
al quién es, al quién fue.
Y se quedan a mitad del camino sin saber
si pudo haber valido la pena
el intento por ser feliz.

Hay personas que viven la vida
sin hacer nada útil en ella.
Otras que la vida las vive y acaba con ellas,
porque se pierden sin conocer el esfuerzo por algo mejor.
Les llega el conformismo en el corazón.

Hay otras que agarran a la vida por la mano
y bailan al compás de mil sonrisas.
Lloran con la vida en sus hombros,
sueñan y luchan por sus logros.

II

Nostalgia

Nostalgia

El poeta delira mientras cabalga
por un mundo lejano al de él.

Su mente recuerda vagamente
solo buenos momentos de ayer.
En su boca lleva el sabor de unos suelos
que quiere pisar.

Le queda el sabor de algo que se vuelve espejismo
pero lo lleva dentro de sí.

El poeta cae en el delirio
dejándose llevar por la pluma
que baila en sus manos,
contando nostalgias
que el poeta lleva dentro de sí.

Mariposa

Mariposa al vuelo buscando el consuelo
de un beso perdido en una noche de amor.
Una noche de sexo extraviado
en mi Habana ya vieja o mi Malecón.

Mariposa al vuelo con el cuerpo desnudo
buscando a alguien que la ame a escondidas,
queriendo encontrar una maravilla que la saque adelante
fuera de este mundo en el que suele vivir.

Mariposa al vuelo viviendo la vida día por día,
durmiendo en cama de viejos y jóvenes
buscando dinero para sobrevivir.

Ya se olvidó de su escuela,
del futuro que soñó en su niñez.

Mariposa al vuelo sueña con vivir otra vida,
algo mejor al terminar sus días.
Al llegar a su casa le entrega a su madre
el dinero que hizo la noche de ayer.

La madre lo toma, la abraza a su pecho
mientras una lágrima escapa de sí.

Mariposa tan joven,
mariposa tan bella.
Qué triste es todo hoy para ti.
Entregas tu cuerpo, vendes tu alma
para conocer otro mundo que yo sé no te hará feliz.

Allí estaba él

Allí estaba él
escondiendo su alma que sangraba desmedidamente
y riendo por fuera para que nadie leyera su mente.

Alegrando a otros los días
abarrotados de melancolía para él.
Mendigando estrellas a la luna llena durante la noche.
Yo lo vi en la oscuridad,
lo vi sangrar en su ser.

Era una lágrima que se amotinaba en el alma
atrapando el cuerpo en una soledad ambigua,
él era mil palabras en una.
Yo lo vi frente a mí, era mi ser al desnudo.

Allí estaba él
mi payaso querido
mi propio yo, mi alma en un reflejo, mi eterno amigo.
Mi fiel amante en los sueños de domingo
siempre vamos a desembocar al mismo nido.

Allí estábamos
ya solos en nuestra cobija.
No hay nadie que mire,
no hay quien nos hurgue el interior.
Estamos él, la soledad y yo.

Con aquel silencio que desviste nuestro ser,
despojando el rostro de sonrisas que no son.
Quitando todos aquellos colores que el arcoíris suele tener
y él por ser gentil me los prestó una vez.

Allí está el, aquí estoy yo.
Frente a frente, conmovida en mi imagen
mirando al vacío a ver si aparece el amigo.
El amante secreto, alguien que devore mis pechos
alguien capaz de hacer una melodía en este cuerpo
que ha perdido sus cuerdas.
Alguien que reviva este alma en plena sequía.

Allí estaba él
mi triste payaso que nadie sabía que moría de pena,
cuando el sol se ponía detrás del alba,
al llegar el mediodía.

Él desvanecía en su risa
mientras las lágrimas se le tejían
entre las gotas de sudor engañando la ocasión,
ocultando ante todos su dolor.

El payaso es cortesía de la pintora cubana
Tatiana Inguanzo

Es el día perfecto

Hoy es el día perfecto
para dejar que la luna llena me embriague
mientras su reflejo besa mi cuerpo
en la oscuridad de la medianoche.

Siento a lo lejos el aullar del lobo
que pide a todo pecho
un poco de amor para sobrevivir.

Es el día perfecto para ser cascada
que refresca la tierra.
Manantial que recorre
parajes desconocidos
y sueña con lugares nunca vistos.

Ahora es el momento indicado
para perder el miedo,
decidirnos a probar nuevas veredas.
Apartar del todo el desasosiego que da
lanzarse a lo desconocido.

Si no lo hacemos
al final moriremos en el lamento
de no haber tratado de cambiar el rumbo.
Poder sentir al final el sabor del
«lo probé, lo intenté, lo logré».

Hoy es el día perfecto
para prender una vela a mis muertos,
ponerle una flor a papá.
Tratar de ser mejor en esta sociedad
donde se atropella al débil
y se pierde la esencia
de lo que es el fundamento de la vida.
Esa vida que fue hecha con amor
y para dar amor.

Es el día perfecto para quedarme a tu lado
y decirte lo que tal vez nunca te he dicho.

O lo que hace tiempo he dejado de decir.

Tal vez es el tiempo indicado para empacar
dejar de engañarse en amores que no son
alzar el vuelo al horizonte
para comenzar un nuevo día.

Hoy es el día perfecto
para levantar la mirada al futuro,
que el presente nos ha dado
la oportunidad de soñar.
El pasado, eso es, y no volverá
de nada vale lamentar lo que no fue.

Es el día perfecto para dar amor
sentirse amado y dejarse amar.

Recordar el canto de la nana
y correr descalza como niña traviesa.
Dejar por un momento de ser tan adultos y reír.

Es el día, la hora, el minuto,
el segundo, el momento ideal
para nunca dejar de soñar.

Mi Habana

Qué linda mi Habana
cuando joven, cuando niña.

Aunque sigue aún siendo bella.
Ahora más cansada,
algo agotada en el vaivén de sus días
pero aún destila pasión, regocijo y maravilla.

Sangre de negro y blanco.
De chino, de español.
Cintura de mulata que se forjó con pasión.

Qué esbelta mi Habana,
sus calles llenas de arquitecturas,
de historias de amor español
ligándose con esclavas.

El obispo que venía a ver la mulata en mi Habana.
La bella Manzana de Gómez, cuántos secretos esconde.
Su maravilloso tranvía que no existe en estos días.

La Habana en blanco y negro,
mi Habana en solo color.
Mi Habana ya vieja con derrumbes,
pinturas llenas de amor.

Aquel balcón a lo lejos ya desnudo en su piel.
Le salen las gravillas, le duele en el alma su ser,
pero ama el bullicio de la gente que lo adorna.
Lleno de pasajes y solares que la forman.

Mi Habana, qué linda
cuando joven, cuando niña,
pero aún sigues siendo bella.
Mi Habana, mujer tan compleja.

Mi negro

Mi negro medita sobre aquel tronco de madera,
oliendo la natura que se le hace otoño y primavera.
Mientras escucha alucinando el sonar de tambores
que le viene llegando de montes lejanos.

Aquel sonido que le trae ese recuerdo que le abruma el alma
y hace de todo su ser un congojo.
Se pone a pensar en aquel día, en aquel momento
en el que alguien le arrebató su mañana
y le hizo distinto el ayer.

Mi negro piensa en su negra,
mientras su vista se pierde en el valle.
Y a sus oídos le llega suavemente
el cantar del río que recorre la manigua frescamente.
Sin que nadie cambie su rumbo o decida por él.

Mi negro quiere coger monte,
hacer el amor en medio de la pradera,
abrir de su ser un surco
donde la negra pueda ararle su ser de punta a punta.
Mientras el gemido de placer se pierde en el silencio
de estos montes en los que él suele creer.

Mi negro ahora contempla a su hembra
ella que a lo lejos mirando a su negro se siente feliz.
Mientras se mueve en su andar
de aquí para allá y le sonríe de lejos.

Es por un momento feliz, porque tiene a su negra
que le llena sus días de amor
y ella sabe cómo ayudarle a llevar la vida.

Su negra es su río, su mar, el cauce a tomar,
el nido más bello que hay.
Su negra le arrulla en las noches
mientras cuentan las estrellas
y cuando llega la luna le suele cantar.

Mi negro hoy está nostálgico
piensa en aquel pecho
que una vez le amantó y ya no está.
Ni sabe tan siquiera
en dónde quedan los restos para ir a llorar.

Mi negro aprendió otras lenguas,
otras costumbres, otras creencias.
Pero ama en lo más profundo de su ser
el sabor del tambor y el ritmo del bongo.
Mi negro ya mezclado, se sienta a mi lado y me mira
mientras pensamos en cosas de la vida.

Mi negro me llena tanto, cómo le quiero,
es todo mío, mi pasado, mi presente, mi ser.

Mi negro ya cansado, encadenado,
ya muy viejo, ya muy joven, ahora libre.
Le quiere contar a los otros
lo que fue para él lograr su andar.
Mi negro piensa en el futuro,
a él le gusta dejar la mente volar,
mientras vive el presente con mucha esperanza.
Deseando que un día el tambor se una con la flauta
y los dos juntos puedan hacer una danza
donde el negro y el blanco
se fundan en el mismo sentido.
Al compás de mis dioses,
al cantar de tu santos.
Aceptando unos a otros en un mismo canto.

Quién le dijo a la cotorra que yo estaba pa fiesta

Caminando por Obispo, una calle de mi Habana,
muy fresca y oronda pero algo acalorada,
ya que el sol en mi tierra
estaba que la piel me cuarteaba.

Eso no importaba, yo me sentía feliz
mirando mi linda Habana y la gente atumultuada.
De pronto escucho un revuelo, un «corre, corre, señor».

«¡A cogerla, por favor, que se escapó la cotorra...!»

Y cómo es de suponer con la buena suerte que tengo
la bella cotorra vino a fijarse en mí,
vino la muy simpática y en mi hombro se posó,
no te imaginas tú lo que a mí me pasó.
Mi cuerpo se puso tieso y mi corazón palpitó.
Entonces una décima todo mi interior cantó.

«Quién le dijo a la cotorra que yo estaba pa fiesta
cuando vino y se posó para enseñarme su cresta.
Me quiso dar un beso y yo le decía que no.
Como ella era fresca en mi hombro se posó...»

En mi calle del Obispo el alboroto se formó
esa cotorrita impertinente
entre muchos a mí me eligió.
Y yo no sé el porqué de su fijación.

Quién le dijo a la cotorra que yo estaba pa fiesta.
Quién le dijo a la cotorra que yo quería jugar
y menos que menos charlan tan cerquita y pegao.
Ella con su pico quería besar mi ñata
y como yo tenía miedo no seguí su perorata.

Diciéndome en mis adentros, «llévatela, viento de agua».
Pero al final se dio como que por vencida y me dijo al oído
de una forma cariñosa:

«Cubanita de mi vida, cubanita miedosa
solo quería pedirte que fueras mi amiga.
Solo eso no otra cosa».

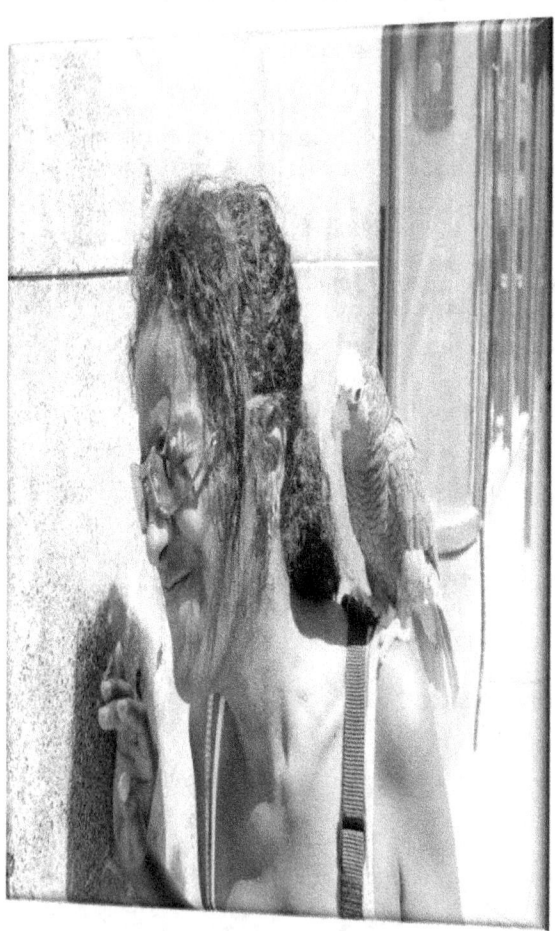

Un duende me susurra al corazón

No desmayaré en mi propósito,
ni detendré mi paso, mi corazón me guiará.

Los consejos de la abuela aquí están conmigo.
El carretel de hilo de amor
con el que cosí mi esperanza una vez
lo llevo en mi bolsillo.

La verdad será mi escudo, la tenacidad mi espada.
El amor será la luciérnaga
que alumbrará en mi andar.
Y la oración se quedará a mi lado
para darme la fuerza y mantenerme vivo.

¡Seguiré siendo yo...!

¡Seguiré siendo yo...!
La alegría de muchos y el martirio de otros.
El amor en varias etapas,
la pasión en la más sensual de las formas.

Aquella gaviota
que no se vence ante el viento,
el ir y venir de una melodía extraviada.

¡Seguiré siendo yo...!
La esperanza de algunos
y el sollozo de otros.
El poema que se hace implacable
en su lucha contra la mentira,
defendiendo al débil
de la palabra injusta que le acusa.
El verso en cada lengua,
aquella que no deja de creer en sí
y se ama a sí misma.

¡Seguiré siendo yo...!
Una flor vestida de luto
alzando su rostro al cielo.
Gritando «¡basta
de tanta mezquindad humana!».
Una risa a todo grito, un llanto de espanto,
el eco de la queja.

Seré la pesadilla para algunos
y el grito esperanza para otros.

Sonaban los tambores de bata una y otra vez

Sonaban los tambores una y otra vez.
Aquel sonido encantador
que embruja mi ser completamente.

Aquel sonido que sale del cuero
cuando la mano cansada busca regocijo en sus oídos.

Mi cuerpo en sus adentros ya comenzaba su danza
al compás de aquel sonido tan peculiar para mí.

Llegaban mis antepasados
para apoderarse de mi ser.
Mi lengua emitiría el decir interno,
sin poder descifrar
de dónde me viene tanta fuerza,
de dónde me viene la jerga que grita.
De dónde me viene el canto
que nunca antes escuché.

Mi cuerpo gira
alrededor de la güira con aguardiente.
Con sabor a sudor de monte,
sudor de negro, sudor de esclavo.

Suenan los tambores de bata
y mil colores visten mi cuerpo
que quedó al desnudo después de despojarse
de todo el agobio, de toda la pena.

Un grito interno me dice
que ha llegado el tiempo de amar.
Que ha llegado el tiempo de gritar «verdad»,
de decir todo
sin que quede nada por dentro
que pueda marchitar el alma.

Hasta que la voz se teja
en el corazón de los hombres.

Hasta que el amor
se apodere de cada grano de arena.
Y todos bailemos
al compás de las olas del mar.

Hasta que todos lleguen a entender
lo que quiere mi tierra.
Lo que dice la vida,
lo que lleva la muerte.

Sonaban los tambores de bata
y mis pies descalzos
saltaban de aquí para allá,
haciendo sudar mi ser.
Las gotas atravesaban mis mejillas
bailan otros conmigo
y bailan otros con ellas.
Las velas encendidas
alumbran el camino a tomar.

Sonaban los tambores de bata,
las manos en su ir y venir sobre el cuero.
Rompiendo todo hechizo indebido,
toda mentira infundada.

Allí fue donde murió la envida,
donde nació el amor.
Como símbolo de paz
entre tu dios y mi dios.

¡Soy cubana, pa que lo sepas...!

Soy tabaco, ron, soy bandera.
Soy un caimán verde, una perla en las Antillas.
Soy cubana en mis adentros y en mis afueras.
El pregonero del maní,
el florero que ya llega vendiendo
abre caminos, azucenas y lirios.
¡Soy cubana, eso quiero que se sepa...!

Soy una mañana de domingo,
una película del sábado.
El canto de un mambí
que no sé dónde ha quedado.
Un poema de Martí,
aquel poeta enamorado
que desde pequeña me enseñó
el valor de tener la pluma a mi lado.

Soy la lágrima de un pueblo
y la risa de sus calles.
El guajiro campechano
que me arrulla, me enamora
y en los surcos de caña
me hace sentir una alondra.

El río Mayabe
que recorre mis campos verdes.
Un bello zunzún enamorado
que bebe de la mariposa su néctar
para emborrachar su alma
y ahogar la nostalgia
que a su corazón abruma.

Soy el penacho de una palma
que mira el horizonte
y el caer del alba
tras de aquella montaña lejana.

Un tumulto, un rollo, un estilo de vida,
una idiosincrasia,
una gracia peculiar que nadie me podrá quitar.

Soy colorido y colores, un sol que pica en la piel,
mientras que el Malecón habanero
besa mi frente cada vez.

Soy Guanabacoa, Arroyo y Miramar,
un camión de mudanza
y miles de historias que contar.

El son, la guaracha, dos chancletas de palo
y un solar a todo reventar.

El amor a flor de piel
y un beso que haga excitar.
Soy tabaco, ron, soy bandera
la más dulce de las estrellas.

Soy un caimán verde,
una perla en las Antillas,
la luna en el cielo que se hace mujer
cuando la miras.

Soy cubana en mis adentros
y en mis afueras,
en mis pechos soy mujer,
de punta a punta cubana,
¡eso es pa que lo sepas...!

Tomasa

Llega mi negra vestida de guinga.
Con blusa blanca, con saya de siete coló.
Llega mi negra con su pañuelo que le cubre el cabello.
Que ya no es tan negro como antes fue,
ahora salteado en canas
demostrando que mi negra se ha vuelto sabia.

Mi negra al que el blanco llamó Francisca
ante una cruz
cuando nació en una barraca
de aquel lugar.
Cuna de palma que la arrulló.

A ella le gusta que le digan Tomasa
cuando entra en mi espacio sin decir nada.
Irrumpe el silencio
girando como huracán embravecido,
me toma los brazos y sacude mi ser.

Nunca antes la vi,
pero no tengo miedo y mis ojos la miran.
«¡Es espejismo, es un sueño fugaz...!»,
me digo a mí misma mientras la miro.

Su garganta que se abre en dos
para derramar el grito que estremece la tierra.

Se rasga su ser y saca del pecho un paño blanco
con el que limpia mi frente y quita mi llanto.
Sobre mi cabeza coloca su manto
miramos al cielo que se hace un surco
vertiendo ante mí una nube de estrellas.

Llega mi negra, no lleva zapatos, va toda descalza.
Quiere manigua, quiere los campos, arrullo de palma.
Beber del río que su cuerpo una vez bañó.

Sus manos de madre
rasgan las vestiduras que llevo puestas
y limpia con ellas el camino escrito.

Mientras su saya de siete coló
dibuja en mi alma un arcoíris lleno de amor.

Gira y gira, yo estoy en el centro,
baila al compás de una música que solo está en su corazón.
El humo del tabaco que lleva en su boca penetra mi piel,
apoderándose todo su espíritu de mi ser.

Gira mi negra y vuelve a girar
con su blusa blanca y saya de siete coló.
Vestida de guinga, a mis ojos vestida de amor.

Una dosis de música para un alma en pena

Era aquella música, era ella no más.
Una estrofa cantada, una nota escapada
de aquel viejo piano en la calle de Paula.

Música en el más sublime tono,
que escapaba sutilmente a través de una ventana.
Era ella, aquella melodía encantada,
aquella dosis que apaciguaba el dolor
de un alma destrozada.
Sentada en un contén de la acera
en un lugar de mi Habana.
Un recuerdo, una añoranza,
un deseo por algo que no estaba.

Era aquella mi música,
la que escuché cuando niña.
Cuántos años ya.
Y ahora regresa nuevamente a mi andar.

Era aquella la calle de Paula.
Donde una vez corrió una niña descalza y feliz,
mientras escuchaba aquella nota que escapaba de allí.
Aquella casa encantada donde vivía la niña con todo
y no le faltaba nada, solo que no sabía reír.

Era aquella sonata,
aquella dosis de música
para un alma en pena y desolada.
Cuántas veces quise ser ella,
cuántas veces quiero ser yo nuevamente.
Cuántas veces me gustaría correr descalza
y chapotear en aquel charco
hasta lograr enfangar mi bata.
Mientras escucho esa sonata que me hace soñar.

Era aquella, la calle de Paula, la que me trajo hasta aquí.
Era aquella música, era ella no más
una nota encantada
una dosis de amor para un alma destrozada.

De mi Cuba me llega contigo

De mi Cuba me llega contigo,
el sabor de mis campos queridos.
El vaivén de mis palmas logro sentir.

Hasta puedo sentir en mi piel
como el salitre desnuda todo mi ser.

¡Te digo...!

Que de mi Cuba bella y querida
me llega contigo su cálida brisa.
Su sandunga contagiosa
que resuena por mis calles.
Mi gente, mi vida, mis recuerdos.

De mi Cuba amada me llegan contigo.
Mi Malecón encantado
lleno de sol y guaracha.
Un tabaco habano
que me despeina el alma.
Cuando su hoja en aroma
desata en mí la cordura.
Oh, mi caña de azúcar
que hoy endulza mi ser.

Gracias quiero dar hoy
por compartir este momento.

De mi Cuba me llegan contigo,
mis añoranzas, el sueño más querido.

Cuba orgullo mío.

III
Las estaciones y yo

Las estaciones y yo

Cada momento tiene su encanto,
cada etapa engalana nuestro entono con su embrujo.

Aquel tono con el que cada día
es dibujada la esperanza en nuestras vidas.
El mañana, que se viste de presente.

Nosotros somos también como las estaciones.
Unas veces amando en pleno otoño,
otras soñando amar.

Un cuerpo que despierta después de un largo letargo
en el que le había dejado en el olvido.
Y se siente primavera en tus adentros
despertando ante los ojos de aquellos
que pueden aún amar.

Unas despiertas aborreciendo la etapa
que te ha congelado el alma,
por la falta de un beso que rompa el hechizo
de un copo de nieve que llegó a tu corazón.

«Cosas de un Güije travieso». Mi mundo

Mi mundo está lleno de cabezas,
lleno de colores, de amor, de reguero.
Atiborrado de bulla que se hace placentera.

Aquí es donde ésta comenzó,
donde no existe el final,
donde la tonalidad es la ideal para soñar.

Es como la primavera al desnudo
corriendo por los parajes
llenando de agua fresca cada rincón
de estos montes.

Mi mundo no es perfecto,
ni tampoco pretendo que lo sea.
Él me ayuda a vivir el día a día
mientras las pompas de nieve
hacen mi despertar.

Aquí el sol calienta mi alcoba
cuando la luna está al llegar.
Veo la vida desde ambos lados.
Tiene el verdor del verano
con pespuntes otoñales.

Mi mundo tiene lágrimas, sonrisa, amor.
En mi mundo hay mil verdades,
la mentira se combate.

Un rayo de sol en pleno otoño

Hoy ha salido el sol en el más allá
y se ha pintado en mi ventana
el reflejo de un sueño que guardo dentro de mí.

Está todo tan tranquilo,
no hay vecinos ni barullo.
Yo me siento y escribo,
mientras mi vista descansa
sobre la mar que allá lejos
me mira en su vaivén cotidiano.

Ni los venados se ven
en esta época del año.
Se esconden del cazador
y yo que los ando buscando.
Necesito hablar, decirles,
cantar para ellos mi melodía
al comenzar el día.

Ellos entienden mi pena.
Cómo te amo natura,
cómo me amas sin tregua.

Bendita tranquilidad
que enloquece mi ser.
Hoy ni el río susurra,
se queda tranquilo a lo lejos
mientras desemboca en su mar.

Yo que les miro y me deleito
al verles cómo se hacen amar.

Hoy ha salido el sol,
pero las flores se han ido
y las aves emigran.

Yo alzando mi vista al cielo
les pido, les suplico
que me lleven hoy consigo.
Que no me dejen aquí.

Yo sé que volverán
como lo hacen cada año,
como lo hace el otoño.
Como hizo una vez el amor.

Hoy ha salido el sol
y su reflejo despierta mis ansias,
pero se me hace ajeno.
Se me hace distante, le falta fervor.

Y yo me quedo buscando la gracia
de la tierna melodía.
Para que me llene de esperanza
y continuar mi día.

Cuando todo se va

La musa escapa
llevándose consigo el anhelo de ayer
y pierdo el sueño
porque temo en silencio
que ella no vaya a volver.

Me quedo pensando qué voy a hacer,
no quiero nada,
solo estar a solas.
Con el bello recuerdo
de mi numen domando mi ser.
Con la triste parodia
que hace mi alma un eterno sufrir.

Mi musa se va
a lugares ocultos
y lejanos de mí.
Dejándome a solas
en un perpetuo sentir.

Cuando todo se va
y el sol no se torna un poema
que engañe mis días.
Para apaciguar esas penas
que llevo escondidas
necesito a mi musa
para que me ame en secreto.

Ni la luna quiere ser una prosa
para suavizar el alma
que muere de amor.

Cuando el numen escapa de mí
me llega el miedo.
No tengo un amigo
para contar mi dolor.
Voy sucumbiendo en el suspiro
desolado y frío.

Hay días en que me refugio en la risa
para esconder mi verdad.

Hay veces que pierdo la noción
de lo que es soñar.

Una nota perdida en el corazón del Güije

¡Oh...! Mi nota seductora,
en qué parte te has quedado congelada,
como témpano de hielo veo tu alma.
Te han lastimado tanto en el andar de la vida
que le temes de lleno al mundo.
Es que te han injuriado
y maldecido en noches de tinieblas.

Ya no te entregas con el alma abierta,
solo te das a medias, te has vuelto compleja.
Ellos no saben lo que es amar, tal vez aprenderán
el día que ya no estés y les cause náuseas la sordera.

Oh, mi nota, que cortejas cada instante mi ser,
para amarte, mi nota querida, hay que tener coraje.
Hay que tener ganas, fuerzas y mucho más.

Nota que me embelesas
mientras vas descendiendo por mi cuello
llegando a mis pechos.
Humedeciendo mi ser que no sabe ya qué hacer.
Estaba enloqueciendo en medio del invierno,
sacando la melodía del eterno silencio.

Para amarte, nota viajera y promiscua,
hay que entender que para ti el amor es como es y ya.
Es correr un riesgo de no volverte a ver
es tocar una sinfonía por última vez.

Mi nota, que enamoras mi cuerpo ya desolado
en este invierno que ha llegado.
Ya no desaparecerás jamás,
correrás por mis riberas humedeciendo la tierra,
que de tanta sequía estaba ya muerta.
Reviviendo en su ser la melodía de vida.
Y quedo paciente a tu lado
esperando que venga el verano amado.
Para derramar tu amor sobre estos fríos campos.

La natura es más que amor

Me deslumbra ver cómo renace la flor
y en el más íntimo regazo despierta el amor.
Llega la primavera lentamente ante mí,
se desnuda sin pena el alma
dejando al descubierto su ser.

La lluvia se vuelve sensual
cuando desborda su amor desmedido
sobre aquella tierra dormida.
La ama sin escrúpulos, sin temor alguno,
no hay razón para rencores, es tiempo de amar.
Que los minutos pasan
y el tiempo nos cobrará el segundo perdido.

Allí está la más bella de mis etapas,
hecha un hontanar de frenesí.
Bañando lentamente mi cuerpo
entre gotas de lluvia fría,
refrescando lo más íntimo de mi ser.

Me desordena el ansia ver la natura
como se descobija ante mis ojos,
enseñándome la más bella de las transformaciones.

Sin la más mínima pena
amando lentamente a cada paso a su amada tierra.
Ella que ha esperado por tantos meses este momento,
viviendo en sus entrañas una añoranza invernal
que creyó interminable.
Y ahora llegará el más tierno despertar.

Prodigio que tengo de ver
cómo cambia todo en mi entorno
el color se hace fugas,
el olor a hierba que revive en el ocaso.
Cambia la vida por segundos,
cómo cambiamos tú y yo.
Las aves que regresan desde muy lejos
triunfadoras, relucientes.

Seré una de ellas en la vida entrante.
Creo que hasta soy feliz
por un momento podría decir.

...

La primavera se hace un embrión fecundado
que dará su paso a una nueva etapa.
Una nueva estación,
un nuevo espacio para una canción de amor.

Vida que das esa sensación
a humedad que cala mi esencia.
Sabor que me trae la fruta
que nunca fue la prohibida
sino la perfecta para ser la más querida.

Llegarán mil aves y harán mil nidos
que traerán consigo diversos sonidos.
Llegará el sol calentando mi ser
haciéndome sentir que soy más que una mujer.

Se tejerá mi poema, se escuchará tu canción,
tu pintura será mi horizonte
beberemos a cántaro
el manantial que se desvanece
ante el más dulce beso
tejido en una pasión de mi voz.

Es la primavera encantada,
es el verano embrujado
entrando en mis pechos que rugen
como fiera indomable.
Recorro estos campos sintiendo
que la esperanza me lleva de la mano.

...

Cómo me maravillan los humanos
tan vacíos algunos de ellos.
Tienen la vista
y no ven que la lluvia es hermosa,

solo se acongojan maldiciendo
tan precisado momento.

Mi lluvia le hace el amor a mi tierra
en una estrofa encontrada de una sonata perdida.
En un libro olvidado en una noche divina.

Tienen oídos pero no escuchan que la natura
canta su romanza de regreso victoriosa
después de un efímero invierno.

Tienen el paladar
pero no sienten el sabor que da la tierra
cuando la fruta es bañada
por el agua divina que el cielo derrama.

Tienen manos
y no pueden palpar mi querido sueño,
ni la esperanza, ni la verdad.
Están muertos estando vivos
y morirán sin haber vivido.
La natura es más que amor.

El último intento de vida

Hay veces que la poesía se escapa
escabulléndose lo que el poeta creyó real,
no hay nada que inspire el alma del pobre vagabundo
que queda al desnudo.

Se volatiza el sueño de repente.
Quedando atrapado entre la nieve de un día de gris
y unas lágrimas secas sin frenesí.

Hay veces que el poeta ya no encuentra su verdad.
Quedando solo en un mundo oscuro
secando una lágrima que escapa de sí.

No tiene respuesta acertada
para el mal que se avecina.
Donde se extravió el sueño
que tuve una vez en la mente,
lograré alzar el vuelo al mundo
que queda no lejos de aquí.
Se pregunta mirando al cielo.
¿Dónde está lo que dijo el profeta?

No hay luna que me haga soñar,
ni sol que me dé calor.
Un vacío horripilante
y la triste memoria se apodera de mí.

No hay poema que brote,
la soledad se ha llevado todo.
Se han esfumado mis sueños sin que yo
pueda hacer nada por revivir.

Se llevan la vida,
se va el suspiro tejido en poemas.
Quedando el cuerpo ya solo,
con la mirada fundida a lo lejos.
Mirando una nube que se pasea oronda ante mí.

Fantasmas en la desolación de un alma

Ando como los duendes perdidos,
como andan los ángeles sin rumbo fijo.
Con el corazón a crédito
y sin saber qué digo.

Estoy como las noches sin estrellas
desnuda ante la vida, con el alma consumida
en la más tierna agonía.
Extraviada en la neblina que teje mi soledad.

Hoy me he dado cuenta
de que soy la luna sin estación,
se ha perdido mi cuarto menguante
muriendo de ilusión.

¿Dónde dejé mis esperanzas?
¿A quién he vendido mi alma perdiendo la noción?
¿Dónde está la otra mitad de mi yo?

Ando como muñeco sin esencia,
sin sangre en las venas.
Llévame, abejita mía, a mi colmena,
dame tu amor de abeja.
Quiero encontrar el camino
que me llevará a tu nido,
el seguro, el recto.
Sé y no quiero ser perfecta,
soy de mil colores por dentro.
Aunque muero en un lamento.

Soy yo el sol deshojado de sus rayos,
que ha perdido su luz.
Que han apagado su voz
cuando se marchó aquello
que pensó que era amor.

Arrebatándome de un golpe también la cordura
me dejó sola en la más tenebrosa aventura.

Soy una marioneta que ha perdido su sombra
en el último descuido mientras escapa del nido.
Es tan fácil caer, es tan difícil aceptar
que hemos perdido una vez más.
Dónde está la voz que me puede arrullar.

¡Escúchala, respírala, siéntela...!

¡Escúchala...!
Dime si la escuchas, si la palpas, si la sientes.
Si la vida te ha enseñado a amarla.
Si te has dado cuenta de lo importante
que ella es para nuestra subsistencia.

Respírala lentamente,
no te apresures, llénate de ella que es libre,
muy tuya, muy de todos.

Mírala, si es que aún no has perdido ese don.
Si es que no se ha hecho invisible para ti
por la carencia de amor.

Bébela, que corre a tus pies trasparente, fría, natural.
Palpa su andar sobre aquella roca gris
que la vio pasar no lejos de aquí.

Siéntela como aquel manantial
que la amamantó antes de llegar a ti.

Tómala en tus manos
antes de que alce el vuelo,
deja que te lleve consigo,
que yo ya voy con ella.

Verde, invernal, primavera, otoño,
creación divina.
Eres tu natura mía.

Amor, dime si lo sientes, es la música divina.
Oh, bella natura divina.

Experiencias que da la vida

Cuando sintamos que no quedan fuerzas,
que el entorno se torna gris,
demos un salto al horizonte.
Atrapemos en el aire el suspiro
que nos llenará de fuerza para seguir el día.

Cuando presientas que la voz se apaga,
porque el grito se ahoga en tus entrañas,
como sonido que se esfuma en tu garganta.

Usa todo tu cuerpo para decir lo que el alma refleja.
Hagamos un diálogo corporal con nuestro ser
para que el mundo entienda de una vez y por todas
lo que te ha hecho enloquecer.

Cuando te sientas atado de manos y pies
recuerda que una mirada
puede hacer una verdad volar.
Resplandecer en lo alto como una gaviota
que derrama de su pico el bendito grito.
Se emitirá un sonido
que será extendido sobre los siete mares.
Como un llamado de guerra
haciendo relucir tu verdad.

Hay cosas que no se pueden ocultar al mundo.
Se podrá entender al final lo que agobió tu ser
y llenó de pesares tu alma.

Cuando sientas que la injusticia
rasga tus entrañas
no te dejes caer, mi yo,
levanta tu rostro y revela tu ser,
no esperes paciente
el sonido del látigo que se avecina.
Rebélate ante la injusticia,
ante la mentira,
ante el amigo falso que derrama de su ser
el veneno de la envidia.

Rebélate ante la palabra
que se crea en forma de cizaña infundada.
No calles porque tu verdad
puede salvar al que viene,
al que está, al que se fue.

Por eso te digo
ríe a todo pulmón, ríe con el viento.
Teje tus sueños con espumas de olas de mar.
Habla con la luna, que ella sabe de ternuras.

Deja que el sol te caliente
y que la nieve apacigüe el fogaje.

Ríete de los que no entiendan
el porqué de tu alegría por la vida.
Comparte tu mundo, tus sueños
con aquellos que tengan ojos para amar.

Mi universo es multicolor lleno de oxígeno,
de naturaleza, de pantanos, de vida.
De doble sentido, rebosado de verdad.
De colores de arcoíris, caña y flamboyán.
Mi universo es amor.

Me gustaría saber qué hacer

¿Qué hacer...?
Cuando se disipa la esperanza.
Cuando la nota se pierde
dejando al desnudo la obra.
No queda ni el olor,
ni tan siquiera el vago recuerdo
de algo que fue o se llamó amor.
Palpando en tus adentros un marchito corazón.

¿Qué hacer...?
Si la mariposa perdió sus colores en el vuelo
quedándose descarriada en un mundo frío.
Lejos del sueño que creyó alcanzar una vez.
Sin deseos de volver a creer,
sin la soberbia idea del ayer.

¿Qué hacer...?
Cuando el beso no te lleva ya lejos,
ni hay riendas que guíen tu cuerpo
en noches de desvelo.
Si la flor no crea ya el néctar,
ni hay abejas que la besen en primaveras.

Ni el sol me da la más dulce quimera,
ni hay luna llena que me ame en noches enteras.
Ni lucero endiablado
que me haga el amor de lado a lado.

Enloqueciendo mi ser
hasta dejarlo agotado.

¿Qué hacer...?
Cuando el río se pierde en su cauce
y el mar ya le parece ajeno
para desembocar su ser en él.

Para volverle a querer, ¿qué hacer...?

Si la gaviota pierde su rumbo
y su mente se queda en recuerdos
de lo que fue o pudo ser.
Cuando el presente es un martirio
y el pasado solo eso es.
Cuando en tu futuro cuentan otras cosas
diferentes a lo que querías ayer.

¿Qué hacer...?
Cuando se te enfría el alma
haciendo fluir de tu boca
palabras que lastiman
y tus oídos ya no toleran la más mínima expresión.
Tu vista se desvanece a lo lejos
buscando un ápice de paz.
Ansías gritar a los cuatro vientos tu verdad.

¿Qué hacer...?
Cuando sientes que agonizas
en cada despertar,
que alguien te hurta tus días,
tu sonrisa, tu paciencia,
tus sueños, todos tus anhelos.
Cómo decir para no lastimar,
cómo besar para no engañar.
Cómo hacer para que el amor
no se vaya a otro lugar.

Melba Mercedes Almeida Guevara

IV
Pasiones

Pasiones

Cuando el poeta se afana al amor
en toda su magnitud.
Amor que le puede llevar al delirio.

Al poeta no le importa sucumbir en este momento.
Soltando las riendas de un cuerpo
que ya no responde a la cordura.
Se da toda en el lecho.

Cuando llegan las pasiones
está el poeta con el alma al desnudo.
Desencadenando sueños
que le podrían llevar al abismo,
pero llevaría en sus labios el delicioso sabor
de haber probado
aquello que llaman algunos pecado.

...

Las pasiones surgen cuando el poeta
cabalga con su duende
en busca de una estrofa que describa
cómo convergen en la desnudez
dos almas abrigadas de frío.

...

Las pasiones llevan al poeta al delirio.
Cuando nada le inspira.
Cuando toma su tintero y no sale un consuelo,
ni una prosa quebrada.
Ni un poema encantado,
cuando su entorno se torna de luto.

Cuando no hay romance y a al pasar de los días
se sume el exiguo poeta en la lejanía de un recuerdo.
Infortunado poeta, no siente la brisa,
la esperanza se fue
y su querido numen no me quiere volver.

De tanto y de nada

Tengo ganas de tanto, tengo ganas de nada.
Quisiera volar lejos de este entorno
gris moribundo que me ahoga el alma.

Este mundo tan perfecto, tan paranormal
donde la gente no ríe,
donde ya no sé ni cómo se ama.

Mi sol se ha escondido
él muere de frío y yo le busco
para compartir con él mi calor.
A los buenos amigos se les quiere de corazón.

Tengo ganas de tanto, ganas de nada.
Ganas de desnudar mi alma en esta mañana absurda
y embriagar todo mi cuerpo de un solo grito.

Dejar que el gemido escape al universo,
tal vez hay alguien que entienda mi lengua.
Tal vez hay alguien que entienda mi palabra
esta jerigonza aprendida en este mundo
donde solo la natura me habla.

No vino la luna ayer en la noche,
no sé qué paso.
Todo está frío, todo está gris.
Tiritan las aves que aún quedan aquí.

Tengo ganas de tanto, tengo ganas de nada.
Hoy colgaré en mi ventana frases llenas de esperanza,
me sentaré entre el humo de las montañas
para evocar el espíritu del indio que me ama.

Se abrirá un surco en mi andar,
donde estará escrito en él,
el principio y el final.

La perdición

Sucumbiendo en unas aguas de mares muy fríos
está aquella mujer vestida de luto.
Ya no encuentra sus ansias,
todo su cuerpo va quedando en el hastío.
En un desván de recuerdos
donde está el último orgasmo,
aquel apasionado beso.
Aquella caricia que arrullaba su alma.
Los días de ayer
y sueños en los que dejó de creer.

Se derrumba una vida en pedazos
haciéndose polvo el cimiento
mientras se va consumiendo
en un mundo distante al que quiere.
Lejano al más tierno anhelo,
de unos brazos que nunca fueron.

Se derrumba una estirpe poco a poco.
Y quiere volar con el último polvo,
para no perderlo todo.
Para no quedar en la nada
atrapada y cabizbaja.
Mientras mira en la ventana
el reflejo que se pierde.
¿Donde quedó el amor?
Sabes tú, sabes yo.

Se derrumba en pedazos
aquella mujer que tanto amaba.
Queda como un poema a medias,
como una canción sin letras.
Como una guitarra sin cuerdas.
Desnuda ante el mundo,
muda porque ha perdido su lengua.
Ya no recuerda la letra que una vez hizo la frase,
perdió la palabra cuando vio la verdad perderse.
Ahora fenece todo su ser

Demencia

Dicen que un torbellino se la llevó
por caer en la demencia de los días grises.
Y que su lengua fue cortada en dos
por la maldición de una cruz.

Dicen que se la llevó el infierno de un sorbo
porque fue maldecida por unos ángeles endiablados
que blasfemaban ante Dios.

Es que nadie podía entender su verdad,
ni sus lágrimas que brotaban
como fuego de su ser.

Había mucha estirpe que cuidar,
para qué escuchar a una mujer
que ha caído en la demencia,
desatando la cordura de si a causa del silencio
dejando que el deseo cubriera su inmundo cuerpo.

La gente siempre dice verdades que no son ciertas
pero se goza en repetirlas aunque hagan daño al oído.

Dicen que la noche era para ella
el encuentro con el universo prohibido.

Que las estrellas hacían sus senos relucir
en el crepúsculo del anochecer.
Mientras al descubierto salía a buscar
a alguien que la quisiera amar.

Todos dicen sin parar
solo ella sabe la verdad
mientras muere de pena en algún lugar.

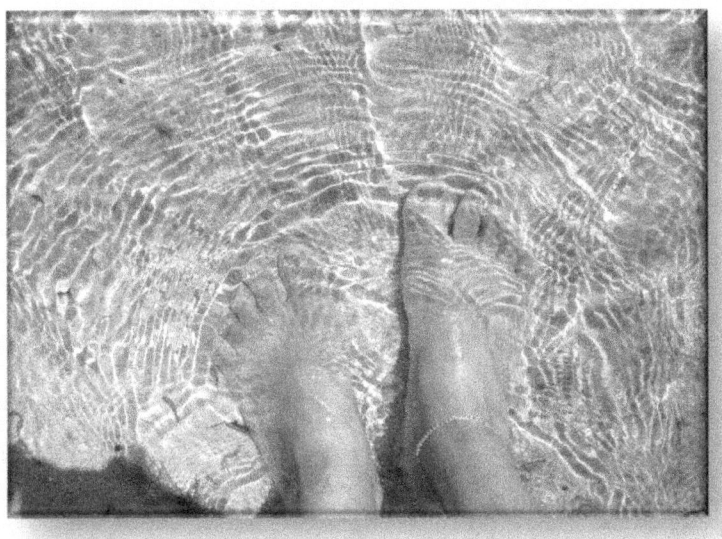

Mujeres de luna llena

Como las putas en cuaresma estaba ella.
Era mujer de casa,
mujer decente, pero mujer.
No quería morir lentamente
en el hastío del día a día.

Comenzó a rasgar su ser en mil pedazos,
es que quería vivir en el sabor del último beso.
El encanto de la rutina quebrada
hacía manojos su ser.

«¡Quién dijo que no hay putas decentes!»,
pensaba...

«¡Hoy me gustaría ser una de ellas!»,
se dijo...

«Para llenarme de coraje y salir a bailar contigo.

Saltarte al cuello y decirte
que te quedes esta noche conmigo.»

«Él no se dará cuenta.
¡Te digo...!

En las noches es solo frío,
y mi cuerpo se desmorona
en cada intento de vida.

Te llevaría a mi alcoba
y deshojaría mi ser entre tus brazos.
Quiero sentirme mujer,
sentirme amada, sentirme tuya.»

Como las putas en cuaresma estaba ella,
era mujer de casa,
mujer decente, pero mujer.
Como un otoño en pleno apogeo.
Sin saber qué hacer
para calmar las ansias que le venían sin parar.

Moría por aquel beso,
por una mirada in fraganti,
una caricia inoportuna.

Vivía pensando que si por un momento
la vida le diera el dulce pecado...
de caer en los brazos
de aquel hombre tan deseado.

Era mujer de casa,
mujer decente, pero mujer.
Ya cansada de tanta lengua viperina.
De «¿quién dice...?».

«¿Quién juzga...?»,
delira aquella mujer.

«Quién es perfecto para decir,
quién está libre de pecado,
quién puede juzgar mi sentir.»

Está cansada de cuidar un nombre
que le carcome los sentidos.

Como la luna en cuarto menguante
estaba ella en su lecho.
Un esposo que caminaba de un lado al otro
sin entender el porqué de aquella demencia.
Ella delirando tejía un poema al azar.

«El día que ya no esté
será de tonalidad azul acuarela
que bañará las mañanas de amor,
de ternuras y pasión.
Me notarás cuando llegue el otoño,
cuando florezca en él la primavera.
Y podrás descifrar en mi cuerpo
el acertijo que me trae la luna llena...»

Como las putas en cuaresma estaba ella,
deseando a su hombre que no era el de ella.
Deseando aquel beso que le ahoga en pena.
Delirando en la noche, tiritando en tinieblas,
De que le vale lo mucho, de que le vale lo nada.

Como las putas en cuaresma estaba ella,
era mujer de casa, mujer decente, pero mujer.

Turbia, trémula, loca

«Ecole», me dijo, «te amo», mientras acariciaba mi cuerpo,
llegando a mis adentros se detuvo y me miró.
Asombrado en un suspiro exclamó con nitidez:
«¿Estas muriendo, mujer, o eres témpano de hielo?».
«¡No muero aún...!», le respondí.

Mientras agarraba su mano
y la ponía sobre mis pechos de mujer
que se derrumba ante tanta soledad.

«Aún no ha llegado el tiempo de morir»,
le dije en una mirada,
«aunque se escapa la vida día a día de mí».

Es solo que el alma sucumbe
por la falta de amor perdiendo su color
y se vuelve trémula, sola, fenece la pasión.

Ecole besó mis labios
y sintió que estaban secos,
sintió que no había saliva
que se uniera con la suya.
Suspiro largo,
como si matara el aliento.
Me miró con miedo
observando de arriba abajo mi ser.

«¿Estás muerta, mujer, o es que perdiste tu suspiro?».
«¡No muero aún...!», le respondí mientras tomaba su cuerpo.

«Aún no ha llegado el tiempo de morir,
aunque se escapa la vida día a día de aquí.»

La soledad va matando poco a poco
mi corazón roto y acongojado.
Sin luna mi boca se ha secado,
no hay manantial enamorado
que me dé de beber en las noches,
sólo encuentro reproches, angustias, cosas banales.

Traté de explicarle mi pena
pensando que entendería mi cuerpo
que en prosa pedía mil cosas, no solo una.

Hazme el amor con locura,
bebe de un gemir mi ser.
Llévame lejos de aquí, dame de nuevo el sol
busquemos juntos la primavera.

Mientras hacemos el amor,
rasga mi piel en pedazos
haciendo que renazca en mis entrañas
la mujer ermitaña.

Ecole dejó que mi cuerpo cabalgara el suyo
mientras mi mente volaba y el verano llegaba.
Salieron rosas y espinas
de mis pechos que rugían
como fieras enjauladas en una Siberia lejana.

Ecole asustado miraba mi cuerpo en estaciones,
mientras se movía de lado a lado.
Dando todo lo que hay en sí
en un eterno rugir que estremecía los bosques.

Es hora de despertar, la primavera ha llegado.
Él, poco seguro de sí,
me miró con miedo a los ojos
y me dijo balbuceando,
con el corazón en los labios:

«Estás loca, mujer, tu cuerpo está endiablado».

El pensó que eran demonios
y se marchó de mí.
Quedé sobre el lecho
sin ropas, sin alma, sin pena.
Tarareando una canción del amor que un día existió.

Pensaron que estaba loca
y aquí terminé encerrada.

En lo alto de estas mazmorras,
con una pena de amor,
una canción a medias,
el cuerpo dividido en dos.

Ecole no volvió y no sé si algún día lo hará.

¡Ya no importa...!
¡Qué más da...!

No lo espero, me da igual.
Yo sigo aquí esperando
que alguien vea el amor en mí.
Alguien que me haga sentir el cuerpo en mil etapas,
capaz de romper mis penas, sanar nostalgias.

Que me bese a la luz del sol,
que me haga el amor bajo la luna
y se beba mis pechos que rugen
como fiera enjaulada en una Siberia lejana.

Víveme mientras te vivo

Hoy voy a reírme con la vida,
también cantaré con ella
y gritaremos nuestros sueños al viento.
Haciendo una sonata veraniega
le diré a la vida lo que siento por ella.

Abrasaré la vida con fuerzas
y la besaré de pies a cabeza,
porque la amo demasiado,
me cautiva cuando la respiro, cuando la palpo.
Cuando entra en mí y recorre mis sentidos,
haciéndome un mimo en un cálido sollozo.

Hoy voy a bailar un tango con la vida,
quiero beberla de un sorbo
y sacar de lo más profundo de mí las agonías.

Que no hay cabidas para lágrimas escondidas,
ni penas, ni rencores al pasar de los días.

Vida mía, voy a tomarte de la mano.
Es que quiero besarte suavemente en la mejilla
hacerte el amor en una nube viajera,
besarte por dentro y por fuera.

Enseñarte mi mundo
que es solo primavera en sus adentros.

Oh, vida, que me llegas cada día,
que eres todos mis sueños y anhelos.
El camino que me trazo
y que con tenacidad sigo.
No el que me trazan aquellos
que me cuestionan
y no son mis amigos.

Vida querida,
que me ayudas a seguir cada día
mientras decido el sendero que voy a tomar,

que me regañas mientras te vivo
que me has visto llorar, reír.
Que me amas en las noches
cuando llega luna.
Y te vas conmigo
cuando el sueño me lleva
a un mundo lejano.

Que me tomas de lado a lado mi corazón
y lo estremeces en cada apretón.

Gracias por darme la dicha de aprender
lo que me enseñas con los años.
El sabor de un nuevo día
y ayudarme a vivir
mientras te vivo en el día a día.

Palabras al vuelo de un duende travieso

Cuando sientas que la esperanza alza su vuelo
abandonando tu espacio,
sé fuerte y no dejes de creer en ti.
Ella nunca marchará
si en tu yo está la idea de la victoria.

Cuando sientas que tu sueño
se ha perdido en el camino,
no lo dejes perdido, búscalo con esmero,
desempólvalo y llévalo contigo.

Con esto te digo que creas en ti.
Tú puedes
pero para eso hace falta lo más importante
y es el elixir del amor.

¡Hoy es el día ideal para dar amor...!

Cataclismo sentimental

Hay veces en que no nos damos por enterados
de que la vida pasa.
Ni nos percatamos del momento
que estamos viviendo.

Mil caminos no me harían falta
para llegar a mi recodo preferido.
Solo un camino necesito
para llegar a donde quiero realmente.

¡Solo uno...!
Que no está ni muy lejos,
ni tan cerca de lo que quiero.
Ese lugar donde se esconde el sagrado sueño.
Allá donde está la palabra amada,
la verdad relativa tejida con hilos de vida.

Allí donde el sexo desnudo y sensual
está esperando el momento para amar.
Donde no hay miedo, ni pánicos escondidos,
solo la verdad de mi alma
que vuela sin parar en su aire de libertad.

...

Hay veces en que necesitaría mil lágrimas
que como manantial se desbordasen de mi ser.
Para con ellas limpiar el camino que me trazo
y buscar la pulcritud del horizonte.
Expulsando de él los falsos amigos
de palabras mezquinas,
la gente intrusa que no me quiere, ni me estima.

Poder borrar de un golpe
esos gritos que me aturden
y maldiciones que me abruman.

Desatar mi boca que ya está harta de tanta locura,
de tanta injusticia, de tanta mierda.

Echar a la hoguera a los puritanos, a los hipócritas.
Aquellos que no hacen nada por este mundo
si en ello no va una ganancia.
A los que bailan
y se gozan en mi mar de tristezas
sin el menor de los escrúpulos.

A los credos que maldicen mi yo,
porque su verdad no es ya la mía,
porque descubrí
que allí había mucha mentira.

...

Hay veces que quisiera mil lunas
para alumbrar mis noches
que son solas y oscuras.
Bailar con mi sombra
al compás de una sonata invernal,
mientras ella me dice al oído
que siempre hay tiempo para amar.

Revivir en un beso un corazón
que ha dejado de palpitar
porque la vida se le hizo controversial
y anda en busca de amigos
que le ayuden en su andar.

Hay veces que quiero una cita con la muerte
para pedirle que me deje de nuevo verte.
Para decirte lo que aquella vez no dije,
lo que había en mí y oculté.
Para abrasarte,
darte un beso en la mejilla
y pedirte mil disculpas,
porque no estaba a tu lado
cuando llegó el momento esa vez.

Hay veces en que no entiendo el mundo que me rodea
y me asusta el futuro que llega.

Qué pasará si se evapora el poema,
si se esfuma la prosa y la fantasía vuela,
si se extingue por completo el amor
si nos bebemos el odio y envenenamos el alma.

¡Pobre humanidad…!

Qué pasará si la libertad muere en el intento
y perdura la mentira.
Si mi lengua se paraliza cristalizando mi mente,
si quedo inmóvil en la ardua tarea de mi andar.
Qué pasará si la vista se me quiebra,
mientras mi lágrima se seca
y mi pupila se pierde en el abismo.

Ya no me importa quién tuvo la culpa,
ya no me importa quién pecó.
Solo quiero abrasarles y confesarles mi amor.

Que pasará si el fin de la poesía llega
y no hay amor que se vea.
Si el cuerpo se desangra en su pena.

La vida

La vida es corta y llena de moralejas.
Es bella en toda su extensión
y tan difícil como el más intrincado acertijo.

La vida es de mil tonalidades
y etapas que pasan sin regreso.
Algunos vagos recuerdos que nos hacen felices,
como otros tejidos en lágrimas.
Momentos que fueron solo eso
y otras cosas que se tejen
para siempre en nuestras almas.

La vida para poder descifrarla
hay que llevar en los ojos mucho amor
y confianza en sí mismo.

Hay que aprender a escuchar
los consejos que trae la vieja ceiba para poder saber
cuál es el verdadero sabor del camino.
Hay que vivirla con valentía y tenacidad.
Es una puesta de sol, una noche estrellada.
Es un canto de amor.
Es una palabra que ahoga el llanto en su queja.

La vida es una ardua tarea.
El enigma perfecto para aquellos
que no tuvieron miedo en el andar diario.
Una pesadilla perpetua para el que
no tuvo el valor de luchar por sus sueños
y se quedó estático
consumiendo su ser en la envidia que le mata.
La vida es divina en su ser.
Un volcán en erupción escupiendo en sus afueras
el dolor que cunde sus entrañas.

Ver florecer tu ser en cada triunfo,
en cada meta cumplida.
Y cuando venga la caída
volver a reanudar el paso

con más fuerza, sabiduría,
porque ya eres capaz de aceptarte a ti mismo.

Cuando la verdad sea tu ventana
sin importar el qué dirán.
La vida será tu mejor aliada.

El poder caminar con la mente en alto
al pasar de los años
y decirte a ti mismo «he vivido con la vida
la he amado,
nos hemos, por segundos, odiado».
En mis sollozos ella me ha dado la mano
y con confianza hemos andado.

Algunas veces nos hemos dicho verdades
y otras hemos callado.

He vivido la vida,
he llegado donde he querido.
Ella me ha amado
sin juzgarme me ha aceptado.

¡Contrastes...!

Veo ante mí la imagen de un ser que antes vi
en el reflejo de la cascada,
se desnuda enseñando cada parte de sí.
Le pregunto mientras le miro deslizarse a mis pies.

¿Llegará un día la bendición
de poder ver los días en mil colores
tejidos en sensación...?
¿Crees tú que una lágrima podrá expulsar
de una vez y por todas
el dolor de nuestro ser...?
¿Existirá el modo
de hacer que el grito no esté en mis mañanas,
ni el golpe en mi anochecer...?

La cascada despertó ante mi voz
y se hizo el zumbido en mis oídos
haciendo cubrir mi ser.
Mojó mis pechos de un golpe
diciendo una voz:

«Tus mañanas tendrán el color que tú les des
desde el fondo de tu ser.
La sonrisa que seas capaz de entregar
en cada despertar.
La fuerzas que tengas para luchar.
La fragancia que emane de tu piel
embriagará el entorno
y convertirás inviernos en otoños.

No habrá témpano de hielo
que no se consuma a tu paso.
Solo tú puedes hacer de otro color el presente».

...

La imagen que se hace aguda
es mi yo en el sublime reflejo de la cascada
que frente a mí al desnudo me mira a los ojos.

Sacando de mi ser la voz
le sonreí haciendo de mi voz un canto.
Mis mañanas tendrán la verdad de mi interior,
la esperanza que le pongo a la vida.

De mí depende el comienzo de un nuevo día.

A mis mañanas les daré el más intrincado deseo,
la más bella pasión.
El saber dónde me encuentro
y dónde quedó mi yo.
Trataré de ser feliz, me inventaré mariposas
que vuelen a mi encuentro,
un verano eterno, una bella primavera.

....

Una tarde de lluvia paseando con mi yo
recordando aquel entonces,
nos miramos en la sombra
de aquella cascada que el tiempo olvidó.

Allí comprendí
mientras miraba mi reflejo en ella,
que mis tardes tendrían
la melodía que adoro si yo quiero.

Que podrían convertirse
en el sabor de un beso esperanzado.
Si era capaz de palpar la hierba mojada a mi lado.

Ella sacó de su ser
una flor tejida en una frase de amor.
¡Oh, mi querido ser...!
Cuando sientas que se extingue tu ser en la queja,
no pierdas la fuerza,
que ya llegará el día en el que regresarán a ti
las lunas llenas.

...

En una noche oscura, a solas con mi yo,
pensando en mis sueños, en lo que la vida me dio.
Mi yo tomando mis manos me dijo:

«Quita de ti el dolor.
No hay noches sin sueños,
si la tejes de esperanza multicolor.

No habrá noches sin estrellas,
si estás bien con tu verdad aunque ésta duela.
Si duermes con la idea de que mañana al despertar
estará en tu ventana la luna llena para amar».

Gaviotas

Ando buscando gaviotas que sepan soñar.
Que no vean la vida en un solo color
y que no tengan miedo en el andar.

Ando buscando la gaviota amiga.
¿Sabes tú donde está...?

Esa que sabe reír,
aunque la lágrima esté por salir.
Y llena de esperanza cada rincón de mi ser,
a pesar de que la mala hierba la quiera detener.

Ando buscando gaviotas que sepan amar.

Dime tú, ¿dónde están...?
Allá a lo lejos vienen llegando sobre la mar,
me traen con ella el sabor a sal.
Sol de montañas en otro lugar.

Un penacho de palma que vio en una sabana,
una pluma de un tomeguín,
el beso de un colibrí.

Ando buscando gaviotas,
para pedirles
que me presten sus alas para volar.

Volar bien lejos.
Donde el viento me lleve,
donde el sol me caliente el cuerpo ya frío.
Donde la luna me enseñe
el camino indicado,
cuando la noche ha llegado.

Ando buscando gaviotas
que sepan querer,
para unir nuestro canto
y hacer una melodía que quite el espanto.

Ando buscando gaviotas en alta mar.
Mientras quedo enredada en el vaivén,
de las olas salvajes que mojan mi cuerpo.
Entrando en mis pechos su espuma,
haciéndome caer en la locura.

Mi cuerpo no se tumba,
a pesar de estar en un delirio,
nada lo desvanece,
sigo tenaz en mi lucha.
Quedando atrapada en medio de la nada.

¿Dónde estoy...?
¿Dónde está el día...?
¿Y dónde quedó la noche...?

Ohhh, gaviota querida,
qué no haría yo por encontrarte.
Lucharía contra viento y marea.
Contra el mar embravecido.

Ando buscando mi gaviota amiga
entre los caracoles de mar,
para que me ayude en mi andar.

Buscando una ola fresca
que me abarque de pies a cabeza.

Una gaviota que me demuestre
que aún queda la esperanza en un sueño.
Que me regocije en su pecho
y me haga palpar al amigo verdadero.

Quiero gaviotas que rompan mentiras.
Que griten verdades.
Que lleven en su sangre
la fuerza de los siete mares.

Cuando suena la caracola

Agua que se derrama de una montaña no muy lejana.
Cuando suena la caracola se abre la urbe en dos
llegando el instante del uno, el dos, el tres.

El coco comienza a rodar parando en los pies
de un negrito vestido de rojo, vestido de negro.
Preguntamos a Olofi cuál es la verdad.

Mientras, suenan que suenan las campanas
del clero del hombre blanco.
La vaina de flamboyán del hombre negro
se hace un eco que llega muy lejos.

Perdiéndose en el viento,
trayendo la palabra en un zumbido
que resuena en mis oídos.

Piden juntos los dos,
dando todo en un alma.
«Que llegue el milagro», dice una voz en un grito,
«que nos llegue la gracia de Dios».
Bendición que llegará a la tierra
cuando suene el cuero y se derrame la sangre
sobre la prenda sagrada.

Viene gritando desaforada
con un cola agarrada en sus palmas.
Ojos que miran de aquí para allá
se baja la frase en jerigonza
brinca en el centro, grita de adentro
parece fuego, parece viento.

El cielo de momento se pone gris
y el tambor se hace un gemir.
Suenan las campanas del hombre blanco,
mientras el agogo en la mano de mi negro
se hace en el viento.
Pidiendo los dos al firmamento
que se haga la luz.
Que se haga el amor entre cada nación.

Quiéreme como soy

Quiéreme como soy,
no busques en mí la imagen perfecta.

Ni la mujer que espera paciente en casa sin decir «basta».
No me juzgues sin llegar al fondo de mí,
ni me condenes a callar una injusticia.

Quiéreme cuando la lágrima rasgue mis vestiduras
y mis ojos envueltos en amor pidan un ápice de paz.
En ese momento quiéreme más.

Quiéreme cuando mi voz se quede en el hastío
y diga cosas que no son ciertas pero la ira las puso en mí.
Para herirte y después arrepentirme.

Quiéreme bajo el manto del trágico invierno.
No preguntes lo que no tiene respuesta.
Solo quiéreme como soy y no busques en mí a otra.

Quiéreme como quiere el monte al sinsonte,
como lo hace el penacho de palma
con su nube gris que le baña.
Como la luna imperfecta hace con sus estrellas.
En este momento quiéreme más.

Melba Mercedes Almeida Guevara

V
El penúltimo verso

El penúltimo verso

El penúltimo verso
aún no se ha escrito
está en la garganta del ajeno poeta,
que canta su historia
en un bosque lejano de donde él nació.

El verso se fecunda
dando al mundo su imagen.
Es el reflejo de un corazón cabizbajo
perdido en las páginas
de un libro sagrado.

Es la llama eterna de vida
que le habla al mundo
de una parábola hecha para dos.

El penúltimo verso
es carnal y promiscuo
anda de cama en cama
de flor en flor.

Buscando una boca que le devuelva
el sagrado néctar que alguien robó.
Quiere sentir cómo fue el sabor
del amor una vez.

El penúltimo verso
está enfermo del alma
y sucumbe en calores
que le llevan a un delirio cercano a la muerte.

Las mujeres se visten de luto,
mientras los hombres abren la fosa.
Muchos le han tomado por loco
dejándolo olvidado y solo
en un triste rincón.

El penúltimo verso
delira mientras teje su yo
en las tinieblas de la filantropía
y se lanza a la rambla para buscar un mortal.

Se abre sus pechos en dos
derramando de su ser
la prosa prohibida
de un cuerpo que es solo sexo
es un conjuro, es puro amor.

El penúltimo verso es una profecía
de odio y amor.
Es una blasfemia bajo la bella cruz,
agua bendita recorriendo mis senos
que se mueren de pasión.
Es una utopía que abre mi ser en dos.

El penúltimo verso
está en tus labios, en mi cuerpo.
En aquel regazo que yace sediento
sobre aquella cascada olvidada hace años.
Cuando el mundo dejó de creer
que existía el amor.

Deambula un sinsonte

Deambula por las calles un sinsonte moribundo
buscando el roble que le dé cobijo
en estas noches que son muy frías.

Deambula por la hondonada
buscando dónde pasar el invierno
sin que se congelen sus alas
que no están hechas para estos tiempos.

Ha perdido sus mañanas entre las olas del mar,
cuando alzó su vuelo para buscar el más allá.

No encuentra el atardecer
con el que acicalaba sus ventanales ayer.
Solo divaga por el mundo mi tartamudo sinsonte.
Que perdió la mitad de su clamor
el día en que dejó de salir el sol.

Deambula por las noches sin estrellas
un sinsonte soñador de un mundo para dos.
Donde el poema se le evapora
por la falta de un cariño que abrigue su corazón.

Un Güije travieso enredado entre las hojas de un tabaco

El Güije se va a dormir.
Mientras va fumando su tabaco,
se pierde en estos campos que no son los de él
pero ha aprendido a amarlos al pasar del tiempo.

Él siempre está allí, aunque no lo veas.

Es manantial,
río que desemboca en el mar.
Es agua fresca que corre de aquí para allá.
Aquella brisa con aroma a hierba húmeda
que trae su caricia a mi orbe.
Aquella pompa de nieve que se derrite a su paso.

El Güije nació en una ceiba.
Al sonar de las campanas
en un amanecer de domingo.
En un batey de mi tierra,
esa Cuba lejana.
Allí aprendió de poesías, de amor.

Él ama mi numen a escondidas,
le cuenta historias pasadas en mi sabana cubana.

Mi Güije se va a dormir
después de tanto poema, de tanto decir.

Coge a mi numen en un beso
y se lo lleva al lecho.
Para amarlo en un verso.

Agradezco:

Ana Gabriela Rubio Córdoba por su brillante idea que me
incitó a hacer este sueño posible.
Magdalena Chorens, mi buena amiga.
A mi esposo por toda su paciencia, a mi hija.
A mi bella familia de allá y de aquí.
A todos mis amigos por creer en mí.

Un beso

Sobre todas las cosas quiero agradecer a mi Güije, que se
acurruca cada día llenándome de alegrías y poesías.